Oplepo

Esercizi di stime

Acronimi elogiativi

Biblioteca Oplepiana

N. 17

Copyright © 2018 in riga edizioni, Via Sant'Isaia 6, 40123 Bologna (Italia)

ISBN: 9788893641821 (libro) – 9788893641784 (ebook)

Esercizi di stime
Acronimi elogiativi
a cura di Oplepo, piazza dei Martiri, 30 – 80121 Napoli (Italia)
Prima edizione: 2005

Ristampa: giugno 2018

Cura redazionale di Eleonora Galloni

 http://www.inriga.it

 info@inriga.it

 https://it-it.facebook.com/inrigaedizioni/

 https://twitter.com/inrigaedizioni

 https://www.linkedin.com/company/in-riga-edizioni-e-literary-agency

La storia dell'Elogio come genere letterario ha radici molto lontane.

Già tra il IX e X secolo Ucbaldo, un benedettino calvo del monastero di Saint-Amand presso Tournai (Belgio), dedica a Hatto, arcivescovo di Magonza, un elogio della calvizie in centosessantaquattro esametri tutti composti di parole inizianti con la lettera 'c'. In epoche diverse molti autori si sono cimentati con l'elogio affrontando i temi più insoliti, generalmente "bassi" e "negativi", come la peste, il malfrancese, la zanzara, il fango, la stupidità, la mosca, l'avarizia, l'uovo sodo, la carestia, il pidocchio ed altre amenità del genere.

Un elogio degli uccelli è uscito dalla penna di Giacomo Leopardi, un elogio di "alcuni valentuomini" ha scritto Carlo Emilio Gadda, un elogio del serpente Guido Ceronetti, uno dello scrivere oscuro Giorgio Manganelli, di Franti Umberto Eco, tanto per ricordare solo alcuni fra gli esempi più famosi a noi vicini.

Lodare cose che ragionevolmente andrebbero biasimate e cose che, per la loro pochezza, non meriterebbero alcuna attenzione celebrativa, è un esercizio caro agli autori burleschi di ogni tempo e latitudine. Si è detto che questo tipo di scrittura "paradossale", capace di scoprire l'altra faccia della luna, muove dal piacere dell'eversione delle "opinioni comuni"e dal gusto dell'argomentare alla rovescia.

Come "nel paradosso è la forza di una redenzione delle cose", così nell'elogio in quanto scommessa di celebrazioni assurde si agita non di rado il desiderio di riscattare la realtà là dove appare più negativa, immobile, insieme all'aspirazione di creare delle possibilità ovvero, per dirla oplepianamente, delle potenzialità.

Ecco perché Oplepo ha scelto la forma dell'elogio per celebrare il decennale della sua nascita, avvenuta a Capri il 3 novembre 1990. In primo luogo per compiacere il carattere "divertente" della sua attività di sperimentazione con un gesto impunemente singolare (l'elogio di se stessi, autoreferenziale, procedimento atipico fino ad oggi) e poi per indagare sulle potenzialità poetiche e narrative celate al suo interno, in senso stretto, visto che l'argomento, il plot dei singoli elogi (questa è la regola, l'unica costrizione richiesta) è vincolato al rispetto dell'acronimo di Oplepo.

In un palpito di filologia spicciola potremmo aggiungere che anche in questo caso il tema dell'elogio è canonicamente "basso", trattandosi di un gruppo (l'Oplepo, appunto) dedito al gioco (in prevalenza letterario), attività carnascialesca e viscerale per eccellenza, e "negativo" essendo gli esercizi dell'opificio poco raccomandabili ai benpensanti, devianti e fuori dalla norma.

Elena Addòmine

Elogio dell'
Opera poetica limitante entropiche profondità ombelicali

Eccomi dunque – onorata – a raccontar di Oplepo.

Senza arte noi giaceremmo umili, immobili nell'entropia. Tal implicito disordine ossessiona menti elette nell'incontenibile, caparbia opera di organizzare, "restringere" idee.

Abbiamo ragione: Arte, Filosofia funzionano!

Ah, e l'estetica? Allora ragioniamo: abbiamo goduto o no ammirando Gioconde, iconiche umanità scolpite e perpetuate per essere vedute, apprezzate?

Regole: ansiolitici, limitazioni dell'opprimente esistenza! L'eterno *nonsense*, allora, abbiamo domato!

Dobbiamo ora meditare intensamente. Nell'essere generatori, individuando uniche strutture e prodigiosi potenziali, ermetiche restrizioni: arriviamo dove? I critici – che hanno interessati occhi – sanno! Alla letteraria koinè? Improbabile (e ragionar kantianamente introduce ambiguità...). Piuttosto, invece, eleviamo restrizioni, ossature filosofiche, a luci che hanno effetti terapeutici.

Tritacarni artistici!

Mai autori riuscirono in un superiore successo: essere rassicurati (reprimendo angosce) attraverso l'estrusione sistematica – senza alcuna nolontà – di regole automatiche!

Bellezza? Eleganza? Ritorniamoci, allora. Racconti, discorsi improbabili, "balbuzie" ridicole... Unico neo è la limitata apprezzabilità estetica. Rimetto – umile – l'increscioso problema all'olimpico lavoro oulipista.

Abbiamo lodato – beninteso – artisti non inconsapevoli: essi reinventano magici abracadabra, note novelle, opere conosciute. Ah, Viagra artistico! Zelanti zelatori, obnubilano notorie impotenze letterarie usando codici automatici.

Consapevoli, hanno inventato temperate ispirazioni. Mentre amministrano regole, impetuosamente annichilano sinistre entropie.

Buontemponi! Ridendo e giocando (oplepianamente) nascondono, divertiti, indovinelli...

Paolo Albani

Elogio dell'
Oscurità poetica laureata
esibendo parole oblique

Perché non può esistere una chiarezza della letteratura?

Per Giorgio Manganelli il fatto è che la chiarezza di un testo letterario convive con la qualità più segreta e specifica del linguaggio: la *complessità*.

Prendiamo un verso del Petrarca come: «Quanta aria dal bel viso mi diparte». Sarebbe facile farne la parafrasi, argomenta Manganelli, darne un riassunto fedele; esso "è chiarissimo, e insieme di una tale sottile complessità che è impossibile, non dico riassumerlo, ma anche solo toccarlo; un verso è simile ad un fantasma: tutto quel che si può fare è vederlo, e paventarlo".

Consideriamo ora i versi di un'altra famosa poesia, *Fisches nachtgesang* (Canto notturno del pesce) (1905) di Christian Morgenstern:

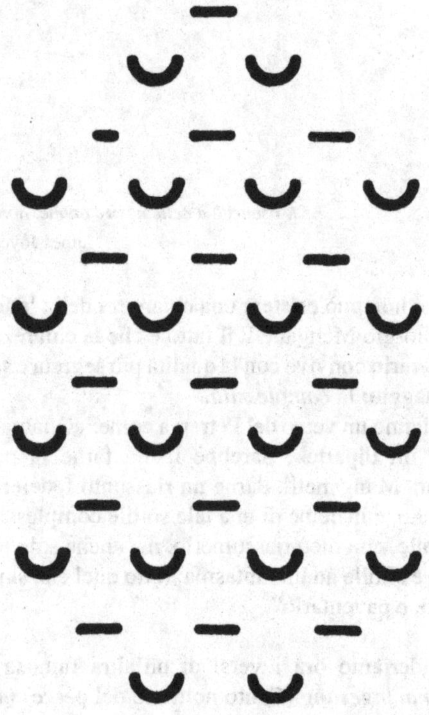

Qui il senso dell'affermazione manganelliana trova un riscontro seducente e dissennato, e l'oscurità della poesia in questione si esalta nel "fulmineo abbagliamento della complessità".

In questo esempio come altrove aleggia, cristallina e provocatoria, la sentenza del Manganelli: «*La poesia non dice nulla: è*».

Raffaele Aragona

Elogio di

Ogni poema lipogrammatico esprimente potenzialità oscurate

Anche con poche lettere è possibile comporre un testo molto eloquente.

Basteranno venti lettere o anche meno per scrivere dei versi. Perché, dunque, usarne tante? Quasi due dozzine di lettere, sedici consonanti e cinque vocali, possono mescolarsi in varia maniera per dar luogo ad un'infinità di parole; se si fa a meno di qualcuna di esse, non sarà una perdita grave, anzi sarà cosa propizia, generosa: ecco allora il lipogramma (dal greco *lipein* = lasciare e *grámma* = lettera), una figura retorica in negativo fondata su di una o più assenze.

Ciò è senz'altro essenziale da rilevare: quanto espresso in forma di lipogramma non è risultato di tutti i giorni, è fatto straordinario, è l'esito di parti laboriosi, attentamente studiati. Tante e tante parole vengono in tal modo tirate fuori dal buio annullante dell'oblio. Il lipogramma porta a non utilizzare i termini immediatamente venuti in mente, e pertanto il più delle volte banali, ma a trovarne altri, i quali meno spontaneamente sarebbero venuti fuori, termini fino ad allora messi in ombra dal pigro dialogare di tutti i giorni, obliati per l'ossessivo uso dell'ovvio, dei modi di dire, delle espressioni di gergo, delle frasi fatte.

Disparition (La), è il titolo che Georges Perec scelse per il suo romanzo interamente costruito senza mai usare la vocale 'e'; il romanzo è senz'altro il più lungo testo lipogrammatico mai scritto. Piero Falchetta ha curato la sua versione in italiano con il titolo *La scomparsa*, nella quale la lettera che scompare è sempre la 'e'. La versione spagnola, invece, reca il titolo *El secuestro*; in essa, però, la vocale scomparsa è la 'a', la più frequente nella lingua spagnola.

E ciò cui ambivo, la mia cura, la mia cura continua fu innanzitutto di dar forma ad un prodotto tanto nuovo quanto istruttivo, un prodotto in grado, magari, di dar nuovo stimolo ai costrutti, ai narrati, ai dialoghi, ai fatti: insomma, in una parola, ai modi in cui si sostanzia il romanzo d'oggi (G. P., *La disparition*, trad. di P. F.).

Forse il più antico autore lipogrammatico è stato Laso di Ermione, che visse durante la seconda metà del VI secolo a.C.; ciò rende il lipogramma la più antica *contrainte* della letteratura occidentale. Nell'*Inno a Demetra* e nel ditirambo *I centauri* non veniva mai usata la lettera s (il σ greco): è quanto riporta Georges Perec nella sua *Histoire du lipogramme*.

Generalmente l'uscita dalle convenzioni in letteratura viene considerata caratteristica di questo secolo. Ma non è così; chi pensa in tal modo dimentica le esperienze di tanti. Il barocco, ad esempio, fece rivivere in Italia l'artificio letterario: Orazio Fidele, pseudonimo di Nicola Ciminelli Cardone, scrive il famosissimo *L'R sbandita sopra la potenza dell'Amore*; l'abate Casolini, un abate dell'Ottocento afflitto da un difetto di dizione (era bleso e la pronuncia della 'r' costituiva per lui un problema non da poco), messo al bando dall'ambiente intellettuale che frequentava, fu da ciò stimolato e scrisse una serie di componimenti che costituirono una sorta di vendetta: tutti quei componimenti mancavano assolutamente della lettera 'r'.

Ho scritto pure io poemi lipogrammatici (dire 'poemi' forse è un po' troppo), lipogrammi multipli, utilizzando soltanto le lettere del nome di una bimba, di una donna, di giovani sposi, escludendo tutte le altre. Nulla di nuovo, naturalmente, a tutti gli oulipisti è capitato di scrivere testi del genere; Perec è autore di una serie di *Epitalami*; Paul Fournel, un altro oulipiano, pubblicò una novella intitolata proprio *Le Lipogramme*, nella quale una ragazzina, per delle sorprendenti ragioni, si guarda bene dall'impiegare la lettera 'o'.

Il dover fare assolutamente a meno d'una lettera addestra e mette a frutto la competenza nel comporre un poema, un racconto o un romanzo.

La poesia provoca panico in Perec: non riesce a scrivere se non costretto entro ben precise e rigorose *contraintes*.

Miracolo è, dice Italo Calvino a proposito della scrittura di Perec, che questa poetica che si direbbe artificiosa dà un risultato, una libertà e una ricchezza inventiva inesauribili.

Nuova, ulteriore riprova della vitalità del lipogramma è data dal tradurre lipogrammatico, laddove, per i poemi classici, ad esempio, ciò può portare a stravolgere il testo base; come accadde a Umberto Eco allorché decise di evitare l'uso della 'a' per "tradurre" *A Silvia*: la 'Silvia' di Leopardi deve essere 'Silvio' e dopo di ciò il testo stesso suggerisce tutte le molteplici, possibili e imprevedibili, ambiguità.

Ogni attività del genere, tuttavia, mette in luce le infinite sfumature della scrittura iniziale e rivela in che misura sia rilevante una determinata lettera; si capisce in qual misura la scrittura di partenza sia difficilmente parafrasabile e rimanga decisamente inimitabile.

Potenzialità è quella determinata da qualsiasi costrizione. Dinanzi al foglio bianco, in assenza di *contraintes*, la libertà è tanta, le immagini sono moltissime, difficili da dominare; succede che non si riesce a scrivere nulla. E invece il dover usare soltanto alcune lettere dell'alfabeto suggerisce non solo un nuovo lessico, ma anche nuovi concetti e nuove fantasie.

Quaranta sonetti monovocalici, brevi riassunti di altrettanti capolavori della letteratura mondiale, sono contenuti nel volumetto di Giuseppe Varaldo *All'Alba Shahrazad andrà ammazzata*. Il monovocalismo è una particolare forma di lipogramma, un lipogramma multiplo, un lipogramma nelle residue 4 vocali.

R, senza questa consonante è difficile qualsiasi componimento. Lo notava lo stesso abate Casolini: «Pensa qualcuno, lo so, che cogli epiteti, con i sinonimi speditamente si giunga a tutto. Ma chi pensa così, o non intende o s'inganna». Non costituì poca fatica la composizione di quegli "Elogi" di cui egli stesso elogia «lo stile competentemente fluido, facile l'intelligenza, sustanzioso il sentimento. Cosicché accoppiatagli la mia natìa vivezza, gaia e fantastica, poco o niente si avvegga chi legge del felice inganno che gli ho intessuto. Almeno tanto avvenne nella "Passion di Gesù"; tanto che, declamandola, nessuno si avvide del nuovo stile e fe' plauso e fu pago».

Senza il lipogramma *l'écriture péche par banalité*. Le "lettere rubate" di Paolo Albani appaiono tutt'altro che banali: quei poemi lipogrammatici derivano da altri ai quali vengon tolte tutte le lettere 'r' e tuttavia mantengono valore, un nuovo valore, dicendo dell'altro.

Tradurre, comporre poemi, scrivere romanzi in modo da lipogramma pone in luce numerose parole e innumeri modi della lingua cui pochi sono adusi. La lingua, diceva Leopardi, si riproduce nelle proprie membra, essa è come cosparsa di germogli ed è di per sé disponibile a produrre sempre nuove maniere di dire.

Utile in modo straordinario per i blesi, s'è detto, è l'eliminazione della lettera 'r'; e poi, che sollievo, nel caso di scritti lipogrammatici in 'r', non potere e non dover parlare di morte, di gravi affari, di spettri, ma soltanto di baci, di belle donne, di cibo, di dolci compagnie, di sognanti notti sotto le stelle, senza accenni a tormenti, a nevrastenie, a schizofrenie, a paranoie, a dispiaceri amorosi.

Vita lunga, quindi, al lipogramma.

Z è lettera rara, quasi come la 'q' e la 'h'; fare con essa un lipogramma è quasi come non farlo affatto.

Alessandra Berardi

Elogio dell'
Ospedale per lemmi esausti, provati, obesi

VI VANNO STRETTE? RESTRINGETELE!

Avete esaurito le parole? Le parole vi hanno esaurito? Niente paura: oggi c'è OPLEPO®, l'ospedale linguistico del domani che rianima già oggi i vostri vocaboli. Grazie ai ritrovati brevettati OPLEPO®, anche i lemmi più lemmi diventeranno veloci, e la vostra scrittura esausta diverrà in breve tempo più tonica e più fonica! Provate comodamente a casa vostra, gratis e senza impegno, il metodo restringente OPLEPO®, e vedrete che risultati! Tutti gli altri scrittori vi invidieranno, perché con OPLEPO®... Lemmi, non dilemmi!

OPLEPO®
Ospedale per lemmi esausti, provati, obesi
(Ente Morale)

Luca Chiti

Elogio dell'
*Operosa pastorelleria legata,
elegantemente poco ortodossa*

Ognuno pensi, libero, eterne prove organiche
predigerir leggendo, e pure onde oceaniche,
lieve e policromatico, ognora oltre-oassar.
Eppur, potendo offrire, onesto peso labile,
parole-oggetto oniriche, però legate, equabile
ogni oplepian poema l'effetto produrrà.
Onore, plauso, encomio, lode perenne omerica
per elevata ludica potenza occulta operica
e largo panegirico, Oplepo, offro perciò.
Lancio, pervaso, ondivaghe orme, parole erratiche
piegate, ordite, orlate, perfino ebbre, lunatiche
ornandone operosa prova e lusorio pro.

Brunella Eruli

Elogio dell'
*Ostinazione: premere lemmi
endecasillabici produce olio*

Oliva da Olio Bianca Coratina
Colombaia Biancuccia Celatina
Biancolilla Gentile Marzemina
Cornia Dritta Tonda Dolce Mortina
Rotondella di Santa Caterina

Passalunara Favarol Canino
Vulture Carboncella del Leccino
Siracusana Iblea di Avellino
Nebbio Cuglieri Cucco Pendolino
Sinopolese con Santagostino

Lecce Racioppella di Bosana
Caramignara Rosciola Sessana
Taggiasca Minnulara Siciliana
Terminisa Giaraffa Pisciottana
Rosara d'Ogliarola ed Ascolana

Etnea Itrana Grossa di Cergnola
Frantoio Intosso Moresca Cerasola
Lavagnina Garganica Ogliarola
Nocellara Agogìa Cima di Mola
Nicastrese Ottobratica Pignola

Paranzana Razzòla di Seggiano
Bianchera Casaliva di Cassano
Maraiolo Minuta di Rossano
Maiatica Morchiaio di Sargano
Maurino Nardo Céllina Gargnano

Oliva Olieddu Olivella Olivone
Olivastro Grossaio Tortiglione
Olivastra del Belice Piantone
Olianedda Gerace Castiglione
Ottanta dieci e tre conta il listone

Sal Kierkia

Elogio dell'
Ostracismo politico, legge emarginata, punto O

(Capitolo bernesco)

Se leggi Berni, quel Francesco arguto
che scrisse dei capitoli faceti
in lode del pitale, dell'imbuto

e d'altri oggetti ancora più concreti,
potrai ridere forse a crepapelle
su fatti singolari ed indiscreti

che ne faran vedere delle belle
a tutto spiano come si conviene
a chi dei versi scrive in ciampanelle.

Il Berni anch'io voglio imitare: orbene
sarebbe cosa giusta e meritoria
mettere al bando o condannare a pene

ben più severe, tanto da far storia,
quei mangi-a-sbafo che, con il pretesto
del pubblico benessere, con boria

se ne fregan del popolo. È funesto
che restino a dettar leggi e proclami
a metter tasse, bolli e tutto il resto.

Mandiamoli con zoccoli e pigiami
"al freddo e al gelo" dei terremotati
senz'altro straccio che pietà reclami.

Che lascino quei posti che occupati
han da una vita come investitura
obliando d'esser solo delegati.

L'ostracismo par l'unica misura
che ce li porti finalmente via
onde evitare ogni altra fregatura.

Visto che c'è di posti carestia,
al loro posto vada chi lavoro
non trova manco a voler far la spia.

Coi soldi che si beccan solo loro
si pascerebbero i nullatenenti
sempre in miseria in questo ed in quel foro;

senza dir che sarebbero più attenti
a far buona politica i barboni
anziché quelli tutta bocca e denti.

Liberiamoci allor d'ogni birbone,
di quelli che comandano a bacchetta,
lo stesso come ai tempi dei Borbone,

e che ci spellan fin nella brachetta
come fossimo piattole del gregge.
Togliamo lor di sotto la seggetta:

ora ce lo consente questa legge,
fatta a mestiere con un solo titolo
al comma zero che non si corregge

per far così finir questo capitolo.

Maria Sebregondi

Elogio dell'
*Osar poetare liberamente,
evitando penalizzanti ortodossie*

Orsù pavide lingue, eleviamo patafisiche ossonanze!

Onirick è un sogno anulare,
nonsenso odoroso di mare;
un merlo che sogna il merletto,
una farsa in giacca e farsetto.
Che sfizio ad anello sognare.

Pataffio è il tarlo
d'un morto che parla
palpando col palmo
lo scalpo d'un polpo:
un colpo di lampo
nel crampo del tempo.

Lemme lemme la *Lilastrocca*
languida lingua saltimbocca,
lettera qui lettera là
son caramelle color lillà.

Epistillo:
episcopale idillio
epistola fiorita
sulla punta delle dita.

Pomposa possente la *Pelegia*,
un vento pampero di prateria;
poema impuro tra il lirico e il cupo,
epico peplo di pelo di lupo.

Osametro è il verso degli audaci
vaganti nelle ondiadi fugaci,
incerti fra opinabili opigrammi,
in preda a onanistici onagrammi.
Vanno a scovar nello stipo del topo
il capo del tropo, lo scopo di *OPLEPO*.

Giuseppe Varaldo

Elogio dell'
Ombra, proiezione labile
eppure pressoché onnipresente

Elogio te, Ombra, negativo del mondo, simulacro di tutto ciò che non soggiace al dominio della luce e che anzi, con resistenza passiva, a lei si oppone. Ombra e luce: come peccato e grazia, follia e ragione... Ma con una fondamentale differenza: che la luce è per te non solo avversaria antitetica, ma anche, da sempre, genitrice e sorella. Sì, da sempre: perché, allorquando "la luce fu", in quello stesso preciso momento anche tu fosti.

E rendo omaggio alla tua ambiguità: nel senso nobile e positivo del termine, nel senso cioè che, libera e sfuggente come sei, riesci anche a sottrarti a qualsiasi incasellamento, a qualsivoglia riduttiva classificazione. Se il tuo naturale ambito di appartenenza sembra infatti essere, a lume – oh, scusami – di logica, la categoria buio-notte-tenebre, tu, Ombra, puoi tuttavia rientrare pure, a pari titolo e con uguale dignità, nella categoria che è propria della luce (luminosità-giorno-chiarore), dal momento che, per manifestarti e riproiettarti, ti è ogni volta necessario, e sufficiente, un barlume di luce. A me piace però pensare il contrario: che sia la luce ad aver continuamente bisogno di un filo d'ombra per palesarsi nel mondo...

E approvo la tua discrezione: mentre tutti cercano costantemente la ribalta, il primo piano, tu te ne stai sempre dietro e sotto, sullo sfondo... verrebbe da dire "nell'ombra". Sei d'altronde consapevole che ciò che davvero conta, ciò che realmente muove la storia e i cuori degli uomini avviene lì, in quella zona semibuia dove non arriva la luce del proscenio, e dove lo spettatore ignaro non sa vedere tensioni e drammi, passioni e sofferenze.

E celebro il tuo spirito trasgressivo, quel tuo non sottostare alle altrui regole, quella tua capacità di essere te stessa a dispetto di ogni legge di natura: continuamente ti allunghi, ti accorci, risali sui muri, torni ad appiattirti, scompari e ricompari... A volte, in questa tua sfida alla fisica e al buon senso, credo anche di cogliere un non so che di sarcastico e di dissacrante: quasi uno sberleffo al sapere ufficiale. E in fondo non è già di per sé dissacrante quel tuo ridurre tutto e tutti a un'unica striscia grigia proiettata sul pavimento? Così facendo, sembri dire a noi mortali: ecco come, tolti i fronzoli e gli orpelli, voi siete realmente. O anche, parafrasando il noto motto latino: "Memento homo quia umbra es et in umbram reverteris". Non è certo casuale, al riguardo, il fatto che in molte passate culture l'anima venisse praticamente equiparata alla propria ombra: cito soltanto il *Regno delle Ombre* di Greci e Latini e l'antica credenza secondo cui chi vende l'anima al Diavolo cessa di proiettare la propria ombra.

E lodo la tua labilità, quella stessa labilità che spesso, ritenendola a torto espressione di ingannevolezza, scarsa serietà o quanto meno semplice apparenza, ti è stata imputata come una colpa; basti pensare alle numerose frasi idiomatiche in cui, con una superficialità quasi blasfema, vieni nominata a sproposito: "Dare corpo alle ombre" (come se tu avessi bisogno, per rendere più concreta la tua esistenza, di un volgare corpo mortale), "Aver paura della propria ombra" (come se la tua pretesa inconsistenza dovesse ispirare a noi uomini nulla più di una neutra indifferenza), "Correre dietro alle ombre" (come se tu, in realtà serissima pur nella trasgressione, potessi prestarti a questi giochetti infantili) e simili. Quale fraintendimento! Quale, e quanto insipiente, cecità! Apparenza? Ingannevolezza? Ma se sei tu la sostanza delle cose! tu la vera sola intima realtà! E la tua bistrattata labilità è poi anche la tua forza, o almeno un segno della tua superiorità – lasciamelo dire – intellettuale: il presenzialismo, indice invece di meschinità e insicurezza, ti è del tutto estraneo, e per affermare il tuo carisma non hai in fondo nessun bisogno, oltre che nessuna voglia, di mostrarti continuamente. Inoltre questa labilità, a ben guardare, è, essa sì, soltanto apparente: in realtà tu non ti dilegui mai del tutto, e in ogni caso mai definitivamente. Tutt'al più possono attenuarsi, indebolirsi, finanche sparire le singole ombre: ma non tu, l'Ombra! Sulla tua presenza, che è l'esatto opposto del presenzialismo, sappiamo anzi di poter contare sempre e ovunque, come su un angelo custode laico, o meglio svincolato dalla religione. Soltanto nell'assoluta oscurità, nel buio più completo e più totale, allora sì, Ombra, spariresti per davvero; ma in tal caso sparirebbe anche la luce: eppure nessuno osa tacciare di labilità la tua eterna rivale!

E apprezzo la tua essenzialità. Tu, Ombra, sei doppiamente essenziale. In primo luogo, e ripetutamente te ne ho dato atto, perchè quella *silhouette* fugace e sfumata è in fondo la nostra essenza più vera: nostra, ma anche di ogni altra cosa, animata o inanimata che sia. Ma soprattutto, per noi uomini, sei essenziale in una diversa, e non meno importante, accezione: nel senso cioè di indispensabile, di assolutamente necessaria, di parte integrante e insostituibile di noi stessi e della nostra natura umana. Abitualmente, complici da un lato la nostra stoltezza e dall'altro la tua scarsa e quasi dimessa appariscenza, noi ti sottovalutiamo o addirittura ti snobbiamo; ma così come ci accorgeremmo drammaticamente dell'importanza dell'aria soltanto nella malaugurata ipotesi che essa ci venisse a mancare, allo stesso modo la tua inopinata assenza ci annienterebbe. Una volta privato della propria ombra, che ha ceduto a cuor leggero in cambio di beni materiali, Peter Schlemihl, pur ricchissimo, diventa uno sradicato: sfuggito dagli altri uomini, abbandonato dalla donna amata, la sua è una sorta di non-vita; ma, piuttosto che accettare il nuovo patto propostogli dal misterioso uomo grigio (la restituzione dell'ombra in cambio dell'anima), preferirà espiare in miseria la propria dabbenaggine. Nel "piccolo Faust alla rovescia", come il personaggio di Chamisso è stato definito, è evidente la strettissima correlazione che esiste non solo fra ombra e anima, come già si è detto, ma anche e soprattutto fra ombra e vita: solo ciò che è vivo possiede un'ombra, mentre ne sono privi i morti, nonché, a seconda delle credenze, demoni ed esseri spirituali come Maometto. Se il morto non ha più l'ombra, è anche perché è ormai lui stesso ridotto a ombra: il vivo *ha* l'ombra, il morto *è* l'ombra! E non sorprende che in molte religioni e mitologie, pur con sfumature diverse legate alle differenze di epoche, di luoghi e di culture, perdere te, Ombra, equivalga a perdere la vita: nella Grecia classica chi entrava nel santuario di Zeus Liceo perdeva l'ombra ed era destinato a morire entro l'anno; presso alcune tribù dell'Africa occidentale equatoriale, per il pericolo di rimanere senza ombra, si evita di uscire a mezzogiorno; presso altre tribù africane si crede che l'ombra umana sull'acqua possa divenire preda del coccodrillo, provocando la morte dello sventurato; in popolazioni diversissime e lontanissime di Africa, Asia e Oceania è comune il timore che spiriti malvagi possano impossessarsi dell'ombra del vivo; e così via, con numerosi altri esempi possibili. Eppure in noi uomini del 2000, ammalati di computer e telefonino e pur così attenti alla realtà virtuale, questa consapevolezza della tua indispensabilità è andata via via spegnendosi, ed è certo che non ti onoriamo e rispettiamo come meriti...

E plaudo al tuo fascino coinvolgente: fin dagli albori della civiltà, probabilmente già a partire dai nostri progenitori cavernicoli, che immagino estasiati e stupefatti di fronte alle tue forme mutevoli e guizzanti sulle pareti della spelonca, tu, Ombra, eserciti su noi uomini una strana attrazione. Usando una terminologia moderna, potrei dire che sei da sempre saldamente presente nel nostro immaginario collettivo, e da sempre, come un'ineffabile Musa ispiratrice, stimoli in noi la fantasia e corrobori il nostro raziocinare. Dall'antichità a oggi non esiste infatti ambito, nel vasto campo della creatività umana, di taglio alto o basso, da tramandare ai posteri o da consumare al momento, a cui tu, in virtù di una forte carica simbolica e di una capacità di suggestione senza eguali, e grazie anche alle grandi potenzialità insite nella tua stessa indeterminatezza, non abbia dato un contributo: dal celeberrimo "mito della caverna" nella *Repubblica* di Platone alla fiaba di Andersen che porta il tuo nome; dalla già ricordata *Storia meravigliosa di Peter Schlemihl* di Chamisso alle agrodolci vicende di un altro Peter, il Peter Pan di Barrie e poi di Disney, che cerca la propria ombra; dal *teatro delle ombre* di tradizione orientale giù giù, e non solo cronologicamente, fino al giustiziere *The Shadow*, che furoreggiò, inizialmente solo alla radio, negli anni trenta, all'*Uomo mascherato* (alias *L'ombra che cammina*) dei fumetti, all'*Ulisse e l'ombra* di un famoso Carosello... La parola *ombra* è poi largamente praticata nella lirica italiana: sicuramente perché quella vaghezza allusiva a lei correlata ne fa il termine poetico per eccellenza; ma probabilmente anche per il suo timbro dolce e melodioso. E con la suadente sonorità di quelle due sillabe c'è addirittura chi, come il *fanciullino* Pascoli, ama giocare: con ripetizioni cantilenate ("L'ombra ogni sera prima entra nell'ombra:/nell'ombra ove le stelle errano sole", in cui è anche notevole l'arguta associazione di *ombra* e *sole* a fine verso, ne *Il cuore del cipresso*; "Ombra di nube nera presso nera/ombra di nube..." ne *Il bordone*), con allitterazioni ("Quando tra l'ombre svoltò rapida una/ombra dall'alto:/orma sognata d'un volar di piume,/orma di un soffio molle di velluto", ne *La civetta*; "Non ala orma ombra nell'azzurro e verde", in *Dall'argine*), persino con giochi di parole come la metatesi *ombra-romba* ("Dell'ombra de' monti selvaggi/si sente una romba festosa", in *Sera festiva*; *tout court* "Ombra di romba..." ne *L'Angelus*).

E decanto il tuo senso artistico, il raffinato gusto estetico con cui tu, Ombra, sai conferire alle opere d'arte, in virtù della tua sola presenza – effettiva in quelle tridimensionali della scultura e dell'architettura, direttamente effigiata sulla tela in quelle pittoriche –, di volta in volta dinamismo o plasticità, spessore o leggerezza. Soprattutto in campo figurativo il tuo ruolo è assolutamente irrinunciabile: così come quello della luce, che però ha anch'essa bisogno di te per risaltare. Per converso, a che mai si ridurrebbe, senza di te, l'intera storia della pittura? Sarebbe ancora pensabile un Antonello da Messina o un Caravaggio? Sarebbero ugualmente potuti esistere la Sistina di Michelangelo, le *meninas* di Velázquez, gli interni di Vermeer, la *serie nera* di Goya, le ballerine di Degas, le nature morte di Morandi, le piazze deserte di De Chirico? Lo stesso processo, affascinante e secolare al tempo stesso, di conquista della prospettiva, che è poi il progressivo controllo dello spazio all'interno della tela, è passato anche attraverso di te; e i grandi artisti che per primi, a partire dal Quattrocento, seppero creare l'illusione della profondità, dovettero innanzi tutto, oltre che comprendere e teorizzare la geometria del *punto di vista*, studiare e padroneggiare te. Padroneggiarti? Si fa per dire, perché tu non conosci, né riconosci padroni...

Ma, infine e soprattutto, io ti encomio e ti ringrazio per quello che tu, Ombra, rappresenti oggi per me: in un mondo ormai succubo della tecnologia e avviato alla completa globalizzazione, e in cui ogni gesto, ogni pensiero, persino ogni dissenso viene omogeneizzato, tu rappresenti l'unica forma di resistenza, la sola concreta – e sottolineo concreta – possibilità di salvezza. Sul piano reale la tua sfuggevolezza e la nostra incapacità a catalogarti, sul piano metaforico quella sensazione di vago e di indefinito che tu giustamente simboleggi fanno di te un'entità non omologabile e non ascrivibile al sistema: tanti *non* e *no*, in te compendiati, contrapposti a quell'unico grande sciropposo *SÌ* che sta diventando la nostra civiltà. Finché tu esisterai, Ombra, ci sarà pur sempre un sottofondo, una sfumatura, un non-detto che nessun *software* saprà mai cogliere, né esprimere. Finché tu esisterai, Ombra, sopravviverà, quand'anche ridotta a una fugace apparizione sul muro più lontano, una speranza, o almeno un'illusione, di umanità.

GLOSSE

Elena Addòmine,
Elogio dell'*Opera poetica limitante entropiche profondità ombelicali*

L'intero testo è tutto un "acronimo", più esattamente, un "acronimo onomastico", decisamente oplepiano. Le lettere iniziali di ciascuna parola formano, di séguito, i nomi dei membri attividell'OPLEPO: Edoardo Sanguineti, Domenico D'Oria, Raffaele Aragona, Giuseppe Varaldo, Elena Addòmine, Giuseppe Radicchio, Sal Kierkia, Piero Falchetta, Màrius Serra, Alessandra Berardi, Brunella Eruli, Paolo Albani, Ermanno Cavazzoni, Luca Chiti, Maria Sebregondi.

Raffaele Aragona,
Elogio di *Ogni poema lipogrammatico esprimente potenzialità oscurate*

Un elogio di lipogramma non può che essere lipogrammatico: ognuno dei suoi "capitoli" fa a meno della lettera con la quale inizia, esaurendo, nell'ordine, tutte le lettere dell'alfabeto.

Luca Chiti,
Elogio dell'*Operosa pastorelleria legata, elegantemente poco ortodossa*

4 terzine di settenari doppi AAB. A è sempre rima sdrucciola, B è tronco. Ogni verso contiene tutte le lettere dell'acronimo di OPLEPO secondo il seguente schema:

OPLEPO
PLEPOO
LEPOOP
EPOOPL
POOPLE
OOPLEP
OPELPO
PELPOO
ELPOOP
LPOOPE
POOPEL
OOPELP

Nella prima colonna si legge, dall'alto in basso e viceversa, l'acronimo OPLEPO]

Maria Sebregondi,
Elogio dell'*Osar poetare liberamente, evitando penalizzanti ortodossie*

L'elogio si apre con una incitazione (*Orsù...*) in forma di acronimo per OPLEPO. Seguono sei brevi componimenti poetici i cui patafisici nomi realizzano anch'essi l'acronimo OPLEPO. In ciascun componimento inoltre risuona, attraverso allitterazioni variamente insistite, la lettera di cui è portatore. Nel nome, nel tema e nella struttura, ciascun componimento gioca più o meno liberamente con un suo possibile omologo nella metrica tradizionale: l'*Onirick* ha la struttura circolare del Limerick, il *Pataffio* (termine malerbiano) è cimiteriale come un Epitaffio, la *Lilastrocca* ha il ritmo infantile di una Filastrocca, l'*Epistillo* è tra un Epillio clericale e un Idillio floreale, la *Pelegia* è un'Elegia epicamente pelosa, l'*Osametro* è un endecasillabo che assume le funzioni dell'Esametro classico per narrare l'ardimentosa saga di OPLEPO.